그대 풀잎 비비는 소리 들었는가

리토피아포에지 · 90
그대 풀잎 비비는 소리 들었는가

인쇄 2019. 8. 15 발행 2019. 8. 20
지은이 김씨돌
펴낸이 정기옥
펴낸곳 리토피아
출판등록 2006. 6. 15. 제2006-12호
주소 22162 인천 미추홀구 경인로 77
전화 032-883-5356 전송 032-891-5356
홈페이지 www.litopia21.com 전자우편 litopia@hanmail.net

ISBN-978-89-6412-117-7 03810

값 14,000원

이 도서의 국립중앙도서관 출판예정도서목록(CIP)은 서지정보유통지원시스템 홈페
이지(http://seoji.nl.go.kr)와 국가자료종합목록 구축시스템(http://kolis-net.nl.go.kr)에
서 이용하실 수 있습니다. (CIP제어번호 : CIP2019029912)

김씨돌 산중시첩
그대 풀잎 비비는 소리 들었는가

리토피아
LITERATURE & UTOPIA

그대 풀잎 비비는 소리 들었는가

나비야, 너희도 이 땅이 포근하냐.
너희 두 마리가 엉키어 파닥이지 않았다면 낙엽인 줄 알고 밟고 지나갔을 거야.

시인의 말

내 이름은 개망초꽃.

한 번 안아봐도 되겠습니까?

큰 절 받으십시오.

내 마음의 시를 쓰면서.

2019년 7월

김씨돌

차례

제1부

인간으로

제2부

생명으로

그대 풀잎 비비는 소리 들었는가

한쪽 날개라도 날고 싶습니다. 열매 맺고 싶습니다. 순 퇴비이고 싶습니다. 우리네 일벌, 꽃, 나비떼,
민물고기들도 숨 좀 쉬게 해 주시오.

1
인간으로

예쁘다는 꽃들이 오늘도 옹달샘가에 자리를 잡았습니다. 다른 잎들은 포근히 감싸주시고
이끼 덮인 돌, 나무들이 천지에 닿았습니다.

산미나리밭 물가에 빤짝빤짝 별모양으로 흐르는
저 매밀 같이 작고 맑은 님은 누구실까?

묻지 마라

깊은 연못에서
살지 않고
왜 가늘게 흐르는
갈대밭에서 슬피 우느냐고
묻지 마라.

수면에 뜨지도 못하고
왜 종족 보존
그 몇 만 년에
오늘도 어울려
구성지게만
울어야 했느냐고
더
이상
묻지 마라.

오물오물 너울너울

올챙이가 어장을 형성했습니다.
따뜻한 물가로 나오고 있습니다.
굽이굽이 물결 따라 살랑살랑 춤을추며,
물 맑다 물 좋다 니도 좋고 나도 좋다
오물오물 너울너울 떠다니고 있습니다.

어둠이 올수록 산동무들은 깊은 평화를 맞는다.

새벽녘

무엇보다 새벽녘 은빛
민물고기들처럼 튀어오를 수 없었나요?
자연 비옥지가 아니어도 우리네
민들레답게 번식할 방법은 없었나요?

스스로 신이 될 수 없으셨나요?
스스로 격려하실 수 없으셨나요?

떠나고 싶다

가고 싶다.
생땅으로 가고 싶다.
오래오래 묵은 땅
오늘처럼 단단하고 돌이 많아도,
한 삽씩 들어가며
오만 향기를 길어 올리는 흙!
그대와 길이 죽지 않는
그 첫사랑의 고향으로 아주,
아주 떠나고 싶다.

♪ 눈송이처럼 휘날리는 5월의 꽃잎도, 사랑도, 명예도, 이름도, 남김 없이
산 자여, 반쯤 죽은 자여, 옳게 따르라. 나무마다 본향으로 돌아오리라.

님의 하늘귀

두 손을 내리면 허전합니다.
두 손을 뒤잡으면 어느 근육이 풀리는지 시원해집니다.
두 손을 앞으로 모으면 나무가 됩니다.
두 손이 더듬어 가면 사랑스런 물빛이 흘러갑니다.
두 손이 배를 안으면 기아가 스쳐갑니다.
두 손이 돌가슴에 닿으면 절로 사람이 됩니다.
두 손을 모으면 새가 되어 날아가지만,
두 손을 크게 벌려 생흙에 입 맞춘 채 눈감으면
님의 하늘귀에 닿습니다.

숙이고 또 숙이십니다

알고보니,
나는 새들은 가볍게 가벼웁게도
자신의 노래를 부르십니다.
스쳐온 가슴은 온기 따라 날으십니다.
쑥쑥이 한 입에 파가지고
그 어떤 사랑 찾아 자유자재로
그리저리 옮기고 날리면서
목젖이 축일 정도의 물끼를
고개짓 방아짓으로
님이 산천에 절절이 인사하시듯
숙이고 또 숙이십니다.

비가 와도 뻐꾸기는 운다. 기다리는 밤은 없다. 신발이 필요 없다.
지구가 눈물겨워 다들 티끌 없이 순수하시다. 환호 뒤에 처절한 죽음이다.
사랑과 평화? 말은 쉽다. 장삿꾼이 아닌 자 그 누구이며,
씨앗 주머니는 왜 비어갈까.

잘못했습니다

세상이 자꾸 쫓아드네요.
산다는 게 겨울나생이 뿌리 끊어진 것,
향긋한 내음 한 번 맞는 순간 같아요.
토끼 아씨요! 미안해요.
아닙니다.
오히려 밟힐수록 저희와 같이 하얀 민들레답지 못한
못난 믿음을 드러낸 것이 부끄러움을 넘어,
되레 아멘을 넘어, 보살을 넘어,
후세 산자락을 넘어,
사기성 같은 게 느껴진답니다.

어머니 아버지, 제가 잘못했습니다.

맞습니다

님께서 직접 고용해 건네주지 않으신
그 자물쇠로 감히 믿음을 표시하지 않겠습니다.
죽음도 사람도 봉사도 땀빛마저도 흔적마저도
낙엽낙엽 남기지 않겠습니다. 말씀만 하십시오.
꽃잎은 져다 드리겠습니다.

향기롭다. 익어가는 외양간 풀거름이 향기롭다. 온기도 밀려온다.
등 따시게 해주신 여러 낙엽 동무들께 감사한다.

자연인으로 돌아오세요. 꽃길에서 꽃잎 곁에 누워, 오늘도 꽃향기에 쌓여,
꽃처럼 생을 마감하세요.

님들 손잡으신 날

빨갛게 무친 도라지나물!
파랗게 무친 두릅나물!
누군가 삽짝문에 걸어둔
착한 마음씨 모닥불가에 앉아,
싸금싸금 두릅두릅 씹을수록
어머니 생각이 울컥 난다.
님들 손 잡으신 날, 오신 날 덕분에,
나물 먹다가 울었다.
참 맛있게 울었다.

하늘

이 산 저 강 울며 날아주는
당신이 하늘이십니다.

나비 보입니다.
두 마리 떴습니다.
서로 좋아 오르내리고 있습니다.

도토리 한 알 한 알 탁탁 깨뜨리는
가을 햇살이 하늘이십니다.

저 자주빛 백도라지가
하늘이십니다.

봄비가 당신이십니다.

높은 종교는 지금 어떻게 흐르고 있는가. 큰 어른은 과연 어디에 머무시는가.

눈이 가는 곳마다 꽃입니다. 초롱박이 쌍으로 매달렸습니다. 나눌 줄 알고
사랑할 줄 압니다.

미처 몰랐다

저녁 소복이 눈이 내렸다.
산 아래 따스한 빛이 모여 들었다.
봄기운은 솔잎마다 눈뭉치를 녹여내리며,
손을 흔들고 있다.

잠시 사람은 가고 없다.
냉이가 돋았다.
달래가 냉이 되고 냉이가 달래가 되어
꽃 피고 뿌리 내리고 사는 줄 미처 몰랐다.

산새 한 마리

토분 토분한 흙으로
돌아오시길 바란다.
사람의 가슴에 불을 지른 이도
향긋한 풀내음으로 젖어 드시길
진정 바란다.
물을 더럽힌 모든 일들도,
더 이상 꽃들이 또랑또랑
사라지지 않길 바란다.
이 숲속,
나는 보잘 것 없는 산새 한 마리다.

어제의 신께서는 막힘 없이 흘러가라 하셨습니다. 오늘날은 인간의 손으로
만든 모든 것이 사실상 장난이 되었습니다.
잘 아시듯이 사랑은 사랑으로 뚫으라 하셨습니다.

흐르고 있습니다

연못이 갖가지 낙엽으로
뒤덮였습니다.
쟁기질을 할 수 없는 밭에
여러 새들이 날아 올랐습니다.
깊어가는 샘 아래로,
그 날의 못다한 사랑이,
숨어드는 향기 속으로,
묵어가야 할 신명 속으로
흐르고 있습니다.

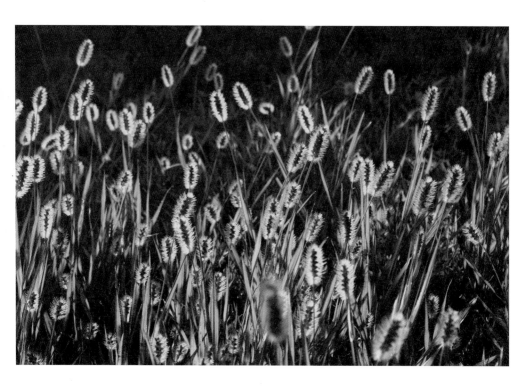

평화의 버팀목은 꽃잎 한 장으로도 가능했습니다.

빗물에 젖은 꽃잎이 솔잎을 비켜 세우며 흐른다.
부둥켜 안은 흙빛 팔뚝들이 축 처진 잎처럼 그윽히 흘러내리신다.
올해는 고랑으로, 내년에는 이랑으로…….

햇살이 쏟아지다

햇살이 초록 벌판에 가만이 쏟아졌습니다.
이럴수록 곡식류와 과실류 잎사귀에 처음보는 오색
영롱한 생명체들이 고요히 나타났습니다.
흙이 부드러울수록, 샘이 맑을수록, 심지가 그윽할수록,
인간이 만든 것들과 멀리할수록.
어디선가 사랑으로, 알 수 없는 향기로,
감싸안아 주셨습니다.
덤으로 이름 모를 새들이, 보이지 않는 님들이,
우리들 초록 가슴에 막 깃들기 시작했습니다.

봄이시다

남의 빈집이지만 잘 살다 간다.
지게지게.
산삼 덜 썩은 물에 똥거름 공예에,
병이 많이 나았다.
숲속에 빙 둘러 옛님이 심어놓고
떠나신 갖가지 과실 약나무들 가지에
저마다 이름 모를 울음소리로 군집을 이루면서
한창 울고 있다.
오막살이가 부웅!
하늘로 날아오르는 봄,
봄이시다.

새벽별들이 지겟꾼의 길을 열어주자,
가슴을 뚫어 주는 상쾌한 공기마저 짐이 되었습니다.

굽이 도는 흙길을 보면 드러눕고 싶다.

지게를 빼내며

노을에 물든 거미들이
하필 지게를 중심 삼아 올라갔다가,
허공에서 짝 내려왔다가,
옆으로 처진 이승줄을 팽팽하게 땡겼다가,
둥글게 엮는 저승줄을 흔들면서
올라탔으니, 신바람이 났다.
야 이거 큰일 났네,
너희에겐 시공간을 초월한
성스러운 작품인데,
나는 품팔이 지게를 안 빼낼 수도 없고.

비가 좋다. 미끄러지다 쓰러지는 비가 좋다. 세상에 풀 없이는 다스릴 수 없으므로, 비가 좋으시다. 젖은 만큼 꽃잎으로 돌아오신다.

좋은 친구들이시다

벙글벙글 웃고있다. 해가 지면
사르륵 사르륵! 기어나오는 산가재,
얼지 않는 연당에서 뛰어나와
눈만 멀뚱거리는 산개구리들,
푸썩푸썩거리며 밭뚝을 쑤시며
뭔가 물고 늘어지는 소어들,
파아란 불빛을 내며 다가오는 포식동물들,
밥이 왔다는 소리만 들어도
홍분이 가라앉지 않는다.
웃다가, 엎드리다가, 살살 기다가, 돌아보다가,
또 짓던 밥이 탄다.
저희에겐 부활의 바람이 거꾸로 불어도,
우리에겐 참으로 사는 좋은 친구들이다.
누가 무어래도 날 업신여기지 않고,
해꼬지 않으시는 눈이 있고, 가슴이 있고,
말 없이 귀여운 좋은 친구들이시다.

그대 풀잎 비비는 소리 들었는가

우리는 날면서도 사람보다 더 작은 눈동자로, 한없이 작은 가슴으로, 그 날의 생명을 찾아 그날의 마지막 밤을 맞이한답니다.

2
생명으로

샘터 위 젖은 낙엽에 말벌 두 마리 날아왔다가 어디론가 사라집니다. 당근을 지붕 위로 너니, 어린 꽃나비가 어머! 너무 달아요, 향긋해요, 합니다.

보리개떡신을 우러르라

천심이 흐르셨다.
아! 우리네 가슴에 끊임없이 흐르는
속눈물 같은 강!
자식 난데없이 잃으시고서
마디마디 손발이 저려 오신다.
움직여야 진실을 얻어 듣게 된다.
봐요! 잘 난 신들이 잘 먹었다고,
배고픈데 맛있게 잘 먹었데요.
내 이르노니
믿는 신들은 떡장수가 되시라.
이 땅에
눈물어린 보리개떡신을 우러르라!

세상이 험해도 정말 고마운 사람들이 많다.
오늘따라 진실이 밝혀진다니 얼마나 고마운지…….

많이 변했다

바람이 떨어뜨려 준
열매를 줍고 보니
꽃은 보이지 않았다.
오색딱따구리가 잣알을 깨먹는다.
참 많이 변했다.
한 뼘 되는 새끼 꽃뱀 두 마리가
들어갈 때가 되었는지,
길을 비켜달래도 꼼짝도 않고
햇빛을 쬐며 붙어 있습니다.

저고리타령

아! 꿈속에서도 만져보고픈 우리 엄마,

예쁜 저고리!

계절이 오고갈 때마다 그리운 어머님의 빛 바랜,

누렁 저고리!

힘들고 고단할 때마다 한 모금 머금고 싶은 첫사랑 나의 인심이,

젖뽕 저고리!

사랑이 무엇인지도 모르고 업고 건너던 샘네 너의,

진분홍 저고리!

억울히 죄 얻어 연기로 사라지던 일가창립 봉이 나그네의,

눈물 저고리!

한이 맺혀 울부짖다 태극기에 감긴 내 소꿉동무,

달랑 저고리!

아! 왜놈의 총칼에 짓밟혀 목메어 울던 저,

핏빛 저고리!

한 발 앞서가다 어머니를 부르며 생매장 된 외삼촌의,

무명 저고리!

똥지게 짊어진 아버지께로 참 이고 가다 구른 우리 동생,
개똥 저고리!
넘어넘어 산이 좋아 의문의 낙엽이 된 뉘 혼백 서린,
새치 저고리!
오! 다시 태어나도 내 손으로 지어 입히고 날마다 뒹굴,
우리 색시 저고리!
먼 해방 안 민주라, 가정엔 더욱 빵점인 바보 나,
머슴 저고리!
알보리 곰불에 끄슬려 입산 기도하던 누이의,
잿물 저고리!
사모하던 서방님에 안겨 휘날리던 한민족,
아리랑 저고리!
아! 만나자 이별이라네, 이 땅 의문사 휘감고 떠나신 선신네,
베모시 저고리!
몰래 떨어뜨린 가슴팍 홍시에 물든 내 순정,
연시 저고리!

달밤에 얼싸안다가 노루에 놀라 아무거나 가리고 들고 뛰던,
부랄 저고리!
끊어진 샛강 따라 얼어터진 자식 얼굴 묻어주신 우리 어머님의,
막솜 저고리!
아! 한 번 가면 얼매나 좋길래 돌아오지 않으시납 그대,
하늘 저고리여!
오! 하늘 가신 내 사랑 저고리여!

울었소!
난 그만 소리쳐 울고 말았소!
보고 싶어 엄마! 하늘 가신 울 엄마 보고 싶어.
엄마, 정말 보고 싶다. 엄마!

입맛이 없도록 짐을 지십시오. 스스로 그 분이 되십시오.

울 엄마 눈동자

엄마가 보고 싶어.
얼매나 울었는지 몰라.
그토록, 착하게 살아라.
땅만 보고 살아라.
하신 엄마! 산새 따라
이 빈집으로 밀려올 수밖에 없었어!
이 땅엔 밤피리새인지,
흑뻐꾸기인지 울어 가는 지도 모르고,
망사저고리 빨간 댕기숲에 걸어두고
날마다 찾아갔어.
새빨간 열매구리 한 알마다
엄마의 눈동자 일렁거렸어.

착한 동무들아

참 공평치 못한 세상 같애.
정말이야.
난 이 빈 손에 낫과 톱밖에 없단다.
그래, 내년엔 좁쌀농사 해보자.

착한 내 씨동무들아!
내일 또 보자.
그래 찾아보자.
오! 꽃 같은 내 아가들!
송아지 먹던 콩깍지라도 갖다 줘야지.
앗따! 출출하다 나도.
별로 한 일도 없이······.

움트는 푸르름이시다. 다 다른 떡잎이시다. 저마다 깊은 향기 머금으셨다.

꽃이 부르는 노래

배영 성찰낭 이오순 어머니 송광영꽃!
밀혁 섬향낭 강연임 어머니 최우혁꽃!
늘밀 두레낭 이소선 어머니 전태일꽃!
땅진 산괴낭 이미선 어머니 박영진꽃!
큰태 베틀낭 허두추 어머니 김종태꽃!
산수 솔송낭 전영희 어머니 김성수꽃!
길원 높팽낭 이계남 어머니 우종원꽃!
참근 동백낭 임복심 어머니 허원근꽃!
새열 후박낭 배은심 어머니 이한열꽃!
손기 갈매낭 권채봉 어머니 김의기꽃!
꽃철 능화낭 정차순 어머니 박종철꽃!
옥전 향백낭 김근순 어머니 박래전꽃!
올식 거전낭 이을순 어머니 정경식꽃!
갈숙 떡감낭 최영자 어머니 김경숙꽃!
볼식 볼레낭 이순절 어머니 조정식꽃!
빛영 대죽낭 오영자 어머니 박선영꽃!
멋수 느티낭 고순임 어머니 최덕수꽃!

숲철 박달낭 임금순 어머니 강상철꽃!
논오 종려낭 전계순 어머니 이재오꽃!
꿈진 솜대낭 김순정 어머니 김세진꽃!
솥대 미루낭 이덕순 어머니 강경대꽃!
날만 들메낭 김복성 어머니 조성만꽃!
콩기 떡갈낭 정정원 어머니 김윤기꽃!
해권 삼닥낭 박명선 어머니 김용권꽃!
별철 비자낭 김인련 어머니 한희철꽃!
등희 다닥낭 이양순 어머니 박승희꽃!
벗규 산배낭 황정자 어머니 이철규꽃!
설정 대추낭 김종분 어머니 김귀정꽃!
입호 옻닥낭 정영자 어머니 신장호꽃!
철영 감밤낭 유수자 어머니 박태영꽃!
앞동 단풍낭 김순옥 어머니 최동꽃!
잎근 어름낭 고금숙 어머니 박종근꽃!
끈춘 당체낭 박영옥 어머니 이태춘꽃!
눈진 가래낭 정봉순 어머니 양영진꽃!

불희 수리낭 라화순 어머니 고정희꽃!
설관 친선낭 임분이 어머니 정연관꽃!
들현 섬엄낭 박행순 누나 박관현꽃!
일곤 산돌낭 박문숙 부인 김병곤꽃!
깨식 산초낭 황규남 부인 이재식꽃!
달만 산닥낭 조인식 부인 박종만꽃!
맞수 활꽃낭 김정자 부인 박창수꽃!
시경 오동낭 박명애 어머니 권미경꽃!

가슴앓이 어머님? 천하사랑꽃? 세상에 어머님이 서 계시는
나무 아래로는 새 맑은 물이 흘러요. 맑은 공기가 넘쳐났어요.
죽은 이가 벌떡벌떡 살아나 고사리로, 산나물로, 꽃으로,
약초로, 산도라지로, 심으로, 송이로, 막 솟구쳐 움터 나가고 있어요.
'한울삶' '온꽃밭' '달궁샘' '샛뿔봉'으로 피어나시어
새들이 맘껏 울고 있어요.

꽃불

생계령을 넘어가니 생계, 불씨가 자랐다.
삼동산을 넘어서니 삼동, 꽃불이 붙었다.
두위봉을 넘어보니 두위, 불머리는 덮치는데,
만경산을 넘어오니 만경, 학벌사회가 소용 없고,
에미산을 넘어가자 에미, 인종차별도 간 데 없다.
어래산을 넘어서자 어래, 토끼가 꽃길에 튀는데,
고적대를 넘어드니 고적, 노인들만 울고 있었다.
마대산을 넘어오자 마대, 북녘동포 서려 있구나.

이른 아침에 우는 땅새들은 어떤 즐거움을 주시는 걸까?
저녁에 우는 하늘새들은 무엇이 슬퍼서 우시는 걸까?

그래, 터진 산이 좋아! 산기운이 좋아! 이 신비함에 웃으시네.

산이 좋아

산이 좋아!
잊어주니까,
다 잊어주시니까.

산이 좋아,
마냥 좋아!
내가 없으니까,
다 비어버리시니까,

낭구타령

'꽃 핏째! 꽃 핏째에!'
봄새가 웁니다.
가실 새는,
섭섭하나아!
머이 섭섭하나아!
그렇듯 하 울어댑니다.
사람소리가 멀리서
들려오고 있습니다.

쌓고, 쌓고, 왔다, 쉬었다, 낮은 소리, 높은 소리, 산너울 소리, 꽃샘골 소리.

나 죽어 향기로운 흙으로 돌아갈 수 있을까.

솔바람이 운다

차작! 차작!
갈잎 밟는 저
산양 소리만 들어도,
낙엽이 스르르 고개만 들어도,
정이 오는
어린 엄마의 가슴을
무지리도 짓밟아 놓았구려.
요 잘난 대한민국 발톱들아!
솔바람이 운다. 돌이 난다.

산이 좋아서

여보게!
얼마나 좋은가!
산 양심이 있다니.
이제 그대도 자유롭고,
들꽃으로 피어나,
정든 세상,
도라지꽃으로 피어나시고…….

누구나 밝으십니다. 겹겹이 맑고 밝으십니다.
고개고개 마다 맑으시고 향기롭게도 사십니다.

길손은 다 간다

오늘은 설날.
씨감자는 반씩 잘라 산토끼 각시네로,
쌀기울은 푹 쪄서 산염소 총각녁으로,
강냉이는 두 줌씩이나 지붕 위 산새,
요 이쁜 것들에게,
그래 설워 마라. 길손은 다 간다.

나

그대 산처럼 깎여있음에
나 그 아래 돌꽃처럼 피다가,
퍼드러진 나무같이
펄펄 웃다가,
처연히 베여 끌려왔나 봐.

살아서 잘 하고 갈 것을! 상처를 안 주고 떠나 건너올 것을!
좋은 말만 하고 건너올 것을!

흙내음 넘치는 당신이 가슴이십니다. 하늘은 퍼내지도 만들지도 않았습니다.
향에서 향으로 흘러가십니다. 꽃에서 꽃으로 흘러오십니다.

예쁘시다

어머니는 슬픈 여자!
나는 서글픈 곰바우!
어느덧 해는 기울고
나물짐 산 여인의 뒷모습,
이제 저래 낭구질 소리.
벗 삼아 숲을 지나
산동무 되시니,
새색시 같이 예쁘시다.

얼마나 좋습니까

자아, 여러 영혼들께서는
근심 걱정 다 버리시고,
오늘같이 새가 되어, 눈꽃이 되어,
살아생전 아쉬웠던 일,
못다 한 일, 서운했던 일,
상처를 남긴 일,
눈물 뿌린 일 다 거두어
송이송이 뽀얗게 내리는 이 눈송이,
은가루 꽃가루에 실어서
이처럼 아름다운 눈세상에,
주고 싶어 안달이 나는,
타오르는 인간의 정
이 하이얀 사랑을
우리 서로 같이 날려,
무심한 입술에 녹여 봅시다.
얼마나 좋습니까?

간밤에 눈이 내렸다. 국화빵 발자욱을 타넘고 간 오솔길이 예쁘게도 능선을
수놓고 있다. 삵일까, 담비일까, 오소리일까, 너구리일까, 쪽제비 사촌들일까.

사랑스러운 예견

평화가 거기에 있었다.
털 가진 친구 둘이서 털갈이 할 때,
빛을 쬐며 부리로 꽁지를 간추릴 때,
윤기있는 까만 살에 노란 태를 두르고,
달팽이 같기도 하고 거머리 같기도 한,
이름 모르는 생이 넘어진 통나무 아래 암수가
돌돌 말려 곧 덮칠 추위를 이겨 낼 것 같을 때,
무엇보다 중치새들이 떼 지어 날며,
오늘같은 추수철에 저 폭격기를 떨군,
친척이 살아와 먹이감이 넘쳐 흐름을
굽어보고 계실 때, 와!
이 얼마나 사랑스런 깃털들의 예견이신가!

아, 청산아!

초막이 폭설에 서서히 가라앉는데,
산두메 바늘 추위에도 들국화가 피어있으셨다.
쭈그러진 바가지 남몰래 이끼를 축이시듯,
드레질 찰랑물에 샘사랑도 넘쳐흐르는 줄 미처 몰랐다.

오! 나 죽어서도 그대 한마디 위로일 수 있다면, 저 가여운 영혼의 피눈물을
쪼맨치라도 거두게 할 수만 있으시다면⋯⋯.

배운 것은 지게질

꼴랑 배운 것은 지게질인데
일 하러 오라는 데가 없다.
참만 쥐도 철조망 넘어서라도 지고 가고 싶다.
막걸리 한 사발만 있으면
불이 나게 울러메서 쫓아다니고 싶다.
아무 생각 없이 일 하고 싶다.
이때서야 똥줄 빠지도록, 다리가 부러지도록,
여기 자연산 배추도 금배추지만,
다시 한 번 흐르는 계곡을
저 폭우 속 고라니와 건너 뛰고 싶다.

그대 풀잎 비비는 소리 들었는가

새들에게 하늘이 있었다니, 나비에게 가슴이 있었다니.

3
영혼으로

배꽃새 한 쌍이 날아 왔습니다. 꿀을 뺍니다. 벌 시늉을 합니다. 뽀얗게 떨어지는 꽃잎을 모른 체 합니다.

남아 있을까

당신은 쑥, 당귀, 민들레, 진달래꽃,
금란초, 냉이꽃, 순난초, 곰취, 얼러리,
오가피, 개두릅, 다래순, 고사리, 달래,
신미나리, 개미추…….
음~ 이게 머더라?
우리 봄처녀들이 배꼽을 잡고 웃었대요.
꾸러미를 풀면서, 울면서 먹었대요.
우리 한 50년 후면 과연
모두 남아 있을까.

흐르는 진실

터럭 날리는 소리가 울려와
나는 아쉬움만 남기고,
바보같이 퍼실퍼실 웃다가,
지게 작대기로 눈길 위에
아무도 밟지 않는 그대 축복의 나래,
숫 눈꽃송이에 드디어
지인실은 하나아다. 이 바아앙구우들아!
라고, 초자연 백지에 그렸다.
눈구덩이에 뒹굴려 웃었뿐다.
와! 재밌다.
아! 산삼 뿌린 북향받이 잔설이 녹을 때까지,

흐르는 진실!
이 눈물 마르지 않을 것이므로.

거름질타령

사람의 몸이 독기가 많다면
죽어 시체마저도 거름이 못 되니,
이보다 땅에 큰 죄를 짓는 일이 또 있겠는가요.
작게 먹고 가볍게 날아갑세다.
산다는 것은 거름살이랍니다.
거름 살려냄이랍니다.

사근사근 아작아작 풀 씹는 소리 즐겁다. 오! 한 짐의 향기,
나도 풀 먹는 생명, 하루가 만 년 같구나.

두엄더미 쌓아보세

자아! 떵실떵실 두엄더미 떵그랍게도 쌓아보세.
척적 밟고 팍팍 간추러나 보세.
땡볕이면 더 좋아, 달밤에 잠 오면 어떠오.
비야, 땀이야, 거름물이야, 기분만 좋지.
생풀 갈풀 쌓아가세다.
진실만 쌓이니까.
진실덩이만 향기를 내시니까,
동네방네 거름 잔칫날이 그리워지네그려.
이 거름교육이 없다보니 저 못된 대가리만 굴리는 거지.
왕꼴 쇠꼴 베러가니,
얼마나 기분 좋은지.

상차꾼 노래

앗싸! 좋네에!
흙 살아, 물 살아, 같이 살아, 나도 살아,
죽어도 아니 죽어.
파아란 새싹이 산천어 빛을 적시듯,
고요히 흘러가는 것을 왜들 주먹질인가 그래.
왜들 양심을 속여 그래.
자네도 흰머리 날리거든 놀러오시게.
자아! 마음 돌린 우리 착하고 어리신
새 은어들 오늘같이 거름 마당에 모셔나 보세!
예예! 잘못됐심다. 예잇, 잘 논다아!
잘들 하시고오.
자아! 끌어오시고 다발다발 던져주시고 올려주기요.
넘어갑니다아!

노오랗게 물든 사랑도 있습니다. 붉게 타들어 가는 사랑 잎도 많습니다.
생사의 시작은 초록 혼으로 어우러져 있었습니다.

고기가 뛰었죠

재두루미 한 마리 날개를 진회색으로 펴,
찍! 하더니 청산으로 날으시고,
흰 두루미 한 쌍은 강 아래로 굽이 돌아
청낭한 소리 울리시고,
또 끝날개가 흰 빛이 도는 알락오리 떼는
물결 치는 수면 아래로 사라졌습니다.

고기가 뛰었죠.
사람이 잠겨 가을빛이 떨어졌거든요.
흐르는 샘에 달빛이 갑자기 밝아졌습니다.
어른거리던 물고기가 튀어 오릅니다.

움켜쥔 자의 손과 옹크린 자의 가슴을 어떻게 펼 것인가?
조용한 대안을 모으자, 얘기 나눌 기회가 있을 것이므로.

어머니의 상추쌈

상추쌈,
뒤뜰에 있는 상추 속갱이를 보다가
눈 감고 된장을 바른다.
이런 여유가 있다니, 세상에
그 옛날 포릇뽈긋한 어린 상추 한 소쿠리
뜯어서 째지라고 밀어넣어 주시던
어머니가 어른거리시니,

이대로 싸서 서산으로 가자.

하얀 찔레꽃

하얀 찔레꽃이 폈습니다.
눈 내리면 먼저 녹아 꿩을 부르던 산모퉁이에서
달밤에도 향글향글 웃고 있습니다.
어느듯 청메뚜기가 커서
사과나무에 올라 탄 자리까지 비추어 줍니다.
밤이면 기온상승율에 따라 목청이 터지는 소리!
깩깩깩깩! 개구리 울음소리 물 위에서 커져갑니다.
촉촉하신 사랑을 노래하지 않고는 베길 수가 없게 하십니다.
딸기는 익어가고 근대는 깊어가고
토마토와 고추는 꽃이 피고 날 낳은 떡잎들께서는
자신만의 초록으로 그야말로 주고 싶어
견딜 수 없게 하시는 초여름이 시작되었습니다.

우아 살았다! 쑥이 보인다. 민들레 솟는다. 파란 연못에 물고기들이 떴다.
녹은 땅에 녀석들의 발자국이 찍혔다.

봄이라요, 봄요

나비 날다, 상상봉에 세 마리 보였다.

주홍빛 날개, 검은 점박이.

두 마리는 짝을 이뤄 아지랑이 사이로 사라졌다.

첫사랑이었나 보다.

나머지 한 마리는 마른 억새에 앉아 접었다 폈다,

바로 의문의 나로다.

어디로 피어날소냐?

팥배낭구가 절로 손짓한다.

손부처꽃도 웃고 있다.

봄이라요,

봄요.

사랑하리라

진실 알갱이가 이토록
풍족히 쏟아지는 세상이라면,
나, 우리 색시 인심이다운 인심이네를
열 스물만이라도 퍼 담아 안고
사랑하리라.

참 많은 꽃송이가 떨어졌습니다.
너무나 착한 아이들이었기에 그 이름, 그 얼굴 차마 어른거리는
청숫잔에 비칠 수가 없습니다. 똑바로 쳐다볼 수가 없습니다.

송송이 뚫리신다

일렁이는 의문의 영정들!
소복 입으신 어머님들이
흐르는 저 깊은 골짜구니
하얀 눈물꽃을 타고,
집시렁 아래 촛똥가리도 흘러,
아! 백마강이 되시고, 두만강이 되시고,
섬진강이 되시고, 흘러 소양강이 되셨고,
낙동강이 되셨고, 대동강이 되셨고,
더디 흘러 한강의 흐느낌도
이 신령스런 신음소리도 당최 잊은 채,
온 벌집이 송송이 뚫리신다.
두둥! 훨훨! 잣 향기에 묻혀
잣바람을 타고 날아서,
퍼렁나비 되어 쉼 없이 흐른다.

여름 가고 가을 잊었나. 겨울 없이 봄을 잊었나.

착하디착하신

아, 세 갈래,
세 갈래 진 자줏빛 붓꽃도
서러운 머슴에겐 참꽃인 것을.
설사가 나서 그렇다는데,
구슬픈 눈치를 채시고
쌀 한 포를 들이밀어
놓고 가신 이웃 아저씨!

꽃마음, 초심이란
착하디착하신 동심초다.

오늘의 기도

묘목은 나누어도, 연어알은 풀어줘도, 꽃밭은 일구어도, 복사
꽃 골짜기는 살려도, 은밀한 너만의 신은 믿지 마라! 그 딴 신앙도
불성도 해원도 나누지 마라! 보지 못한 것은 못 봤다고 해라! 은밀
히 갚아주신다는 데 세상이 왜 요지경이 되었느냐?

귀담아들으세요

그 빛나는 책갈피를 놓으십시오.
숙연한 옷들을 벗어 던지십시오.
참극이 일어나기 전에 콩밭을 기십시오.
강냉이밭에서 자고 묵으면서 돛단배가 되십시오.
왼손은 감자 고랑에 오른손은 벼논 피를 뽑으면서
나뒹구는 그 분처럼, 그 벗님처럼,
홀랑춤이 천연스러울 수밖에 없는,
참으로 아름답고 향기로운 인간이기에,
너무나도 인간적이시기에,
흙거름으로 쉬이 돌아서서
수 억 수 조의 뼈인 자,
떠도는 여기 혼들의 울음소리를
귀담아들으십시오.

어떻게 하면

어떻게 하면,
아침마다 찾아오시는
이 아름다운 산새소리를
담아드릴 수 있을까.

어떻게 하면,
저녁마다 밀려오시는
저 향기로운 영혼들의 마음을
전달해 드릴 수 있을까.

생명의 재생나무야!
대답 좀 해다오.

엎드린 말씀 하나

보잘 것 없는 이 모두가
자연으로 돌아가
두 손 바친 우리 어머님의
물 뜨시는 소리이옵니다.

하늘 향해 딸그락거리는 더덕, 도라지, 씨혼들도 고향으로 당신의 고향으로…….

우리는 향기롭고 맑게, 향기롭고 맑게, 더 향기롭고 맑게, 흘러가고 싶다.

힘 받으시라고

여러 선배 제현께서 일찍이
일지득천一枝得天
한 가지에서 하늘을 얻을 수 있다 하셨으므로,
요 조선뽕 지게작대기에도
참꽃이 피는 그날까지,
만에 하나 힘 받으시라고,
용기를 잃지 마시라고,
저같이 혼자 울지 마시라고,
혼자 중얼거리지 마시라고,
혼자 콧노래 부르지 마시라고,
씨앗주의가 마지막 남은 지구생환이시라고,
새들이 시끄럽다 하더라도…….

그대 풀잎 비비는 소리 들었는가

별 한 사발 마시다. 녹맛이 나다.

4

사랑으로

빨래터는 따뜻했다. 흐르는 작은 별들이 하늘을 아리신다.

누울 자리 돌아보니

다시 또, 이 빈 말 세상에 돌아오니

새들이 울 때면 나의 허영은 드러났고,
꽃들을 스치면 나의 가식은 숨겨졌다.

신들이 오셔도 나의 가난은 커져갔고,
물배가 부를 때도 나는 인간이 아니었다.

또르릉~ 또르릉~
물 뜨시는 뀌뚜리도~

빛 소리~이이~ 임마디삐나~아하~
본 자리~이이~ 모가디삐나~하하~

아, 당신은 어여쁨으로 다가오심이다.

왜 그럴까요

왜 마디호박이 넝쿨 조선호박보다
맛이 없을까요.

왜 백도라지 넋 강변에 핀 자줏빛 도라지가
이 땅의 모래와 자갈을 닮아갈까요.

동네 이웃분들

지겟짐을 실어주고,
기울어진 나그네를 얼싸 안아주시고,
차를 세워 비 맞아 젖은 꽃들을
새 세상에 보내주고 격려해시고,
상쇠요. 무, 배추, 짐빵으로
한시절 끼니를 잊게 해주신.
변함 없으신 선미소로,
다 인정 많은 동네 이웃분들이셨다.

둥지를 틀다

산딸기밭 길은 피를 부른다.
쓰러진 성황당 뒤언덕은 가시오가피가 만발한다.
어른이 된 귀신은 그 너머에 계신다.
기도 겸 물 한 잔에 맑은 뼈를 묻으신다.

빨강치마 흰 무늬 검정저고리, 딱따구리 한 쌍,
오랜 심과 산더덕 향이 스치던,
발길이 닿지 않는 숲속에 아름드리 솔등걸에
간신히 둥지를 틀었습니다.

살아남은 저희들은 초록 얼굴을 바라보나,
당신을 믿는 새콩 줄기는 왜 철사줄 같으신가요?

더욱 인간이셨네

못 다한 정이 쌓여 있었던
노예시어 더욱 인간이셨네.
생의 고비 넘어가는 순간,
우리는 참다운 자유민의 모습을 보았네.
신의 허물로
그 어떤 벽도 울타리도 치지 말았으면 하셨네.
신의 다음 무기를 거두라 하셨네.
오, 님 따라 가는 길에
짓눌린 꽃도 피고 지셨네.

노을 지는 돌산 아래 붓꽃 한 송이 피셨습니다. 그 철없이 핀 가슴에
샛노란 거미 한 마리가 이슬 젖은 연자주빛에 적적하나마 막 안기셨습니다.

새들도 세상을 읽는다

낙엽만 못해서,
말라가는 꽃잎이 더 아름다워서,

분명히 말할 수 있다.
새들에게도 눈물이 있다.

가까이는 소에게도, 개에게도, 염소에게도, 꽃잎에게도,
글썽이는 눈물을 우린 자주 본다.

사랑은 물에 흐른다

지게가 말한다.
지게가 하늘을 공구며 간다.
죽은 후에도 지게짐이 있기를 빈다.

또 말한다.
행복은 흙에,
사랑은 물에 흐른다.

하소연

사랑하고 싶었다.
그러나 사랑할 건덕지가 없다.
가는 곳마다 벽이요.
불신이요. 침몰이요.
허물 많고 호기 어린 주역론이요. 철조망이다.
이것이 이 좁은 땅
님들의 피 맺힌 하소연이다.

딱따구리

매일 두세 번 날아오는
딱따구리,
고목나무에 뭐가 나오냐?
닥치는 대로 먹는
저 산꿩한테 배워라!
빨강 중에 검고 흰 빨강,
신의 빛깔은 참하다지만,

안타까움 뒤에 터지는
아이들 웃음소리.

어둠이 내리기 전에 거미줄이 내리고, 새들은 둥지로 찾아들고, 벌나비는 이슬을 피한다.

오로지 흐르는 향

어두무리 할수록
숲속은
맑은 시냇물 소리와,
맑은 새소리가 태초에
정절이란 지도도 없이,
사랑이란 개념도 없이,
오로지 흐르는 향,
여울지며 흐르셨습니다.

봄을 기다리며

밀 보리 심다.

가을 대궁들 사이로 놓다.

쓰러져 가는 땅!

관공서마다 논다.

할 일이 없어 놀고들 있다.

망치고 있다.

푸른 새싹이 돋아야 한다.

베? 벼? 넘어진 곳마다 호미가 갔다.

봄, 봄, 봄, 봄, 봄을 기다리며……

낙엽이 쌓여 갑니다. 눈 녹은 물이 고여 듭니다.
혀를 적신 무수한 발자국이 다녀갔습니다.

당신의 넓은 수수대궁 다발이 저희들을 폭우 속에서 건져주셨습니다.
당신이 남긴 밀보리 짚단이 저희들의 따뜻한 둥지가 되었습니다.
당신의 마른 칡넝쿨 한 지게가 저희들을 폭설 속에서 살려내 주셨습니다.

산도라지 꽃나라

뼈 빠지게 일하시는 노동자
농어민들에게,
또 날아다니시며
신권이니, 상생이니,
해탈이니, 영성이니, 도통이니,
그래도 은은히 이뻐!
자주꽃으로 피는
산도라지 꽃나라라 하시다.

도라지꽃

서서 보지 마소.
차 타고 뭔 꽃구경을 하오.
꽃미소는 저만치서 만지시고요,
엎드리면 꽃향기 사라지지요.
의문의 꽃! 우리가 있음에.

흐트러지세요

걸으며 죽으라고,
일하다 죽으라고,
고삐를 놓아주고
서로서로 떠나라고,
꽃 밟혀도 피옵는
토끼풀꽃이라도 되시라고,
사랑하옵는 당신이

어이해 오늘따라
늘어지게도 피셨소이까?
흐드러지게도 피셨소이까?
어디서 왕왕왕왕!
꿀벌 떼 날아오시었소.
오, 이제 흐드러지세요!
님 먼저 흐드러지세요.

지금 눈에 보이는 것은 다 아름답다. 지금 만지고 있는 것은 가장 귀하다.
멀리 있는 것 그 넘어 들리는 것은 흘러간 하늘이다.

님 찾아 간다

어느 하늘,
꽃향기 님 찾아 나선다.
어머니를 찾아 나선다.
빈천해 보이는 고물장수가 되어 길 나선다.
북 하나 울러매고 나간다.
주막 엿지게 소쿠리에는 흘려주신 대로 다 있다.
때로는 산새 되어 날고,
선신을 품으며 꽃너울에 깃들기도 하고,
북 치며 어울리기도 하고,
아주까리 바보들처럼 혼을 내주기도 하면서
떠난다.

흙밥을 나누려 하다

저 늘 푸른 주인나무들 을 보아라.
너와 난 청청 솔 소나무,
너와 난 배달지킴이 주목,
당신께선 만년 사장 어미낭구!
당신께선 팔팔신끼 대나무!
그대는 넉넉향내 울향나무!
순수하시다. 이 부정불신 세상에,
맑은 심 더욱 옹차시다.
오! 님들께선! 그 향기로 날으시고 우린 남았다.
저 빵꾸 날 낙엽으로, 이 메마른 가지로,
원통한 뿌리로 모였다.
산 자여 따르라, 하심에, 순통일 로 나가자.
인류애로 떠나자. 오! 신이시여!
우리네 어머님요!
저 나무들을 향하여! 깨끗한 공기!
이제 헌 지개를 다시 지려 하오
오늘 생 맨발로 걸으려 하오.
마침내 흙밥을 나누려 합니다.

와!

와! 아름답다.
우와! 막 쏟아진다.
깜깜한 세상을 밝힌,
소리 없이 착한 사람들.
사무친 별꽃이여.
새벽별 반짝이는,
인간미 넘치는 건강한 꿈나라를
엎드려 두 손 모아 비나이다.
저 별들처럼 가리지 말고 만납시다.
야호~ 야호~

지금 눈에 보이는 것은 다 아름답다. 지금 만지고 있는 것은 가장 귀하다.
멀리 있는 것 그 넘어 들리는 것은 흘러간 하늘이다.

인간으로써 당연한 일

진실,

사랑,

화해,

인간으로써 당연한 일.

하늘2반 153번지

김승훈 신부님,

못 다 파신 시흥3동 성당

무 배추와 울고 계신 보살님들의 돌감자는

지금쯤 꽃이 피고 싹이 났겠지요.

뻐꾹! 뻐꾹! 뭐라고 부르리까?

보고 싶습니다.

님은 우리들의 살아계신 성인이셨습니다.

뻐뻐꾹 뻐끄~ 으~ 윽~